Ο Χάνσελ και η Γκρέταλ

Hansel and Gretel

Retold by Manju Gregory

Illustrated by Jago

Greek translation by Zannetos Tofallis

Μια φορά κι έναν καιρό, πριν πολλά χρόνια, ζούσε ένας φτωχός ξυλοκόπος με τη γυναίκα του και τα δυο του παιδιά. Το όνομα του αγοριού ήταν Χάνσελ και της αδελφής του Γκρέταλ. Εκείνο τον καιρό ξέσπασε μια μεγάλη και φοβερή πείνα σε όλη τη χώρα.

Ένα βράδυ, ο πατέρας μίλησε στη γυναίκα του και της είπε αναστενάζοντας, "Δεν έχουμε σχεδόν καθόλου ψωμί για να φάμε".

"Άκουσέ μου", είπε στον άντρα της. "Θα πάρουμε τα παιδιά στο δάσος και θα τα αφήσουμε εκεί. Μπορούν να φροντίζουν τον εαυτό τους".

"Αλλά θα μπορούν να τα ξεσκίσουν τα άγρια ζώα"! φώναξε ο άντρας της.

"Θέλεις τότε να πεθάνουμε όλοι μας"; είπε η γυναίκα του. Και η γυναίκα του συνέχισε να επιμένει, έως ότου συμφώνησε και ο άντρας της.

Once upon a time, long ago, there lived a poor woodcutter with his wife and two children. The boy's name was Hansel and his sister's, Gretel. At this time a great and terrible famine had spread throughout the land. One evening the father turned to his wife and sighed, "There is scarcely enough bread to feed us."

"Listen to me," said his wife. "We will take the children into the wood and leave them there. They can take care of themselves."

"But they could be torn apart by wild beasts!" he cried.
"Do you want us all to die?" she said. And the man's wife went on and on and on, until he agreed.

Τα δύο παιδιά ήταν ξαπλωμένα, άγρυπνα, ανήσυχα και αδύνατα από την πείνα.
Είχαν ακούσει την κάθε λέξη, και η Γκρέταλ έκλαιε, χύνοντας πικρά δάκρυα.
"Μην ανησυχείς", της είπε ο Χάνσελ. "Νομίζω ότι ξέρω πώς μπορούμε να σωθούμε".
Πήγε έξω στον κήπο. Κάτω από το φως του φεγγαριού, τα φωτεινά άσπρα χαλίκια
έλαμπαν σαν ασημένια νομίσματα στο μονοπάτι. Ο Χάνσελ γέμισε τις τσέπες του
με χαλίκια και επέστρεψε για να ανακουφίσει την αδελφή του.

The two children lay awake, restless and weak with hunger.
They had heard every word, and Gretel wept bitter tears.
"Don't worry," said Hansel, "I think I know how we can save ourselves."
He tiptoed out into the garden. Under the light of the moon, bright white pebbles shone like
silver coins on the pathway. Hansel filled his pockets with pebbles and returned to comfort
his sister.

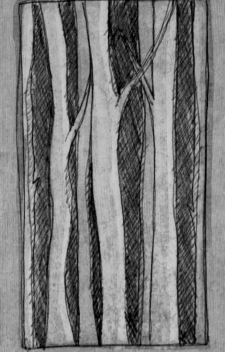

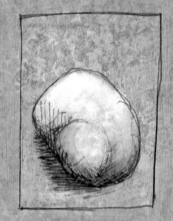

Νωρίς το άλλο πρωί, πριν από την ανατολή του ήλιου, η μητέρα ξύπνησε τον Χάνσελ και την Γκρέταλ.

"Σηκωθείτε, πηγαίνουμε στο δάσος. Πάρτε από ένα κομμάτι ψωμί, αλλά μην το φάτε όλο αμέσως".

Όλοι ξεκίνησαν μαζί. Ο Χάνσελ σταματούσε κάθε λίγο και ξανακοίταξε προς το σπίτι του.

"Τι κάνεις"; του φώναξε ο πατέρας του.

"Απλώς αποχαιρετώ τη μικρή άσπρη γατούλα μου που κάθεται στη στέγη".

"Ανοησίες"! απάντησε η μητέρα του. "Πες την αλήθεια. Αυτός είναι ο πρωινός ήλιος που λάμπει στο δοχείο της καπνοδόχου".

Κρυφά, ο Χάνσελ έριχνε τα άσπρα χαλίκια κατά μήκος του μονοπατιού.

Early next morning, even before sunrise, the mother shook Hansel and Gretel awake.

"Get up, we are going into the wood. Here's a piece of bread for each of you, but don't eat it all at once."

They all set off together. Hansel stopped every now and then and looked back towards his home.

"What are you doing?" shouted his father.

"Only waving goodbye to my little white cat who sits on the roof."

"Rubbish!" replied his mother. "Speak the truth. That is the morning sun shining on the chimney pot."

Secretly Hansel was dropping white pebbles along the pathway.

Έφτασαν βαθιά μέσα στο δάσος όπου οι γονείς βοήθησαν τα
παιδιά να ανάψουν φωτιά.
"Κοιμηθείτε εδώ μέχρις ότου οι φλόγες γίνουν ζωηρές", είπε
η μητέρα τους. "Και βεβαιωθείτε ότι περιμένετε εδώ έως ότου
έρθουμε να σας πάρουμε".
Ο Χάνσελ και η Γκρέταλ κάθισαν κοντά στη φωτιά και έφαγαν
το μικρό κομμάτι του ψωμιού τους. Γρήγορα τους πήρε ο ύπνος.

They reached the deep depths of the wood where the parents helped
the children to build a fire.
"Sleep here as the flames burn bright," said their mother. "And make
sure you wait until we come to fetch you."
Hansel and Gretel sat by the fire and ate their little pieces of bread.
Soon they fell asleep.

Όταν ξύπνησαν το δάσος ήταν κατάμαυρο.

Η Γκρέταλ έκλαιε απελπισμένη, "Πώς θα πάμε σπίτι";

"Ας περιμένουμε λίγο μέχρις ότου βγει το φεγγάρι", είπε ο Χάνσελ. "Τότε θα μπορούμε να διακρίνουμε τα γυαλιστερά χαλίκια".

Η Γκρέταλ πρόσεξε το σκοτάδι να μετατρέπεται σε σεληνόφωτο. Πήρε το χέρι του αδελφού της και περπατούσαν μαζί, βρίσκοντας τον δρόμο τους βοηθούμενοι από το φως των χαλικιών που ακτινοβολούσαν.

When they awoke the woods were pitch black.

Gretel cried miserably, "How will we get home?"

"Just wait until the full moon rises," said Hansel. "Then we will see the shiny pebbles."

Gretel watched the darkness turn to moonlight. She held her brother's hand and together they walked, finding their way by the light of the glittering pebbles.

Κατά το πρωί έφτασαν στο εξοχικό σπίτι του ξυλοκόπου.
Όταν άνοιξε την πόρτα, η μητέρα τους στρίγκλισε, "Γιατί έχετε κοιμηθεί τόσο πολύ μέσα στο δάσος; Νόμισα ότι δεν θα ερχόσασταν ποτέ στο σπίτι".
Ήταν εξαγριωμένη, αλλά ο πατέρας τους ήταν χαρούμενος.
Δεν αγαπούσε την ιδέα να αφήσει μόνα τους τα παιδιά του.

Ο χρόνος περνούσε. Ακόμα δεν υπήρχε αρκετό φαγητό για να ταΐσει την οικογένεια.
Μια νύχτα, ο Χάνσελ και η Γκρέταλ κρυφάκουσαν τη μητέρα τους να λέει, "Τα παιδιά πρέπει να φύγουν. Θα τους πάρουμε πιο βαθιά μέσα στο δάσος. Αυτή τη φορά δεν θα βρουν την έξοδο για να γυρίσουν πίσω".
Ο Χάνσελ βγήκε σιγά-σιγά από το κρεβάτι του για να μαζέψει χαλίκια πάλι, αλλά αυτή τη φορά η πόρτα ήταν κλειδωμένη. "Μην κλαις", είπε στην Γκρέταλ. "Θα σκεφτώ κάτι. Κοιμήσου τώρα".

Towards morning they reached the woodcutter's cottage.
As she opened the door their mother yelled, "Why have you slept so long in the woods?
I thought you were never coming home."
She was furious, but their father was happy. He had hated leaving them all alone.

Time passed. Still there was not enough food to feed the family.
One night Hansel and Gretel overheard their mother saying, "The children must go.
We will take them further into the woods. This time they will not find their way out."
Hansel crept from his bed to collect pebbles again but this time the door was locked.
"Don't cry," he told Gretel. "I will think of something. Go to sleep now."

Την άλλη μέρα, με ακόμα πιο μικρά κομμάτια ψωμί για το ταξίδι τους, τα παιδιά οδηγήθηκαν σε μια τοποθεσία βαθιά μέσα στο δάσος, όπου δεν είχαν πάει ποτέ προηγουμένως. Κάθε τόσο, ο Χάνσελ σταματούσε και έριχνε ψίχουλα επάνω στο χώμα.

Οι γονείς τους άναψαν φωτιά και τους είπαν να πάνε να κοιμηθούν. "Θα πάμε να κόψουμε ξύλα, και θα σας φέρουμε όταν τελειώσουμε με τη δουλειά", τους είπε η μητέρα τους.

Η Γκρέταλ μοιράστηκε το ψωμί της με τον Χάνσελ και περίμεναν για ώρες. Αλλά κανένας δεν ήρθε.

"Όταν βγει το φεγγάρι ψηλά στον ουρανό, θα κοιτάζουμε τα ψίχουλα του ψωμιού και θα βρούμε το δρόμο για το σπίτι μας", είπε ο Χάνσελ.

Το φεγγάρι βγήκε ψηλά, αλλά δεν υπήρχαν πουθενά ψίχουλα. Τα πουλιά και τα ζώα του δάσους τα είχαν φάει όλα.

The next day, with even smaller pieces of bread for their journey, the children were led to a place deep in the woods where they had never been before. Every now and then Hansel stopped and threw crumbs onto the ground.

Their parents lit a fire and told them to sleep. "We are going to cut wood, and will fetch you when the work is done," said their mother.

Gretel shared her bread with Hansel and they both waited and waited. But no one came.

"When the moon rises we'll see the crumbs of bread and find our way home," said Hansel.

The moon rose but the crumbs were gone.

The birds and animals of the wood had eaten every one.

"Θα βρούμε σύντομα την έξοδο αυτής της άγριας ακατοίκητης ερημιάς", είπε ο Χάνσελ.

Τα παιδιά έψαχναν μέσα στο δάσος για τρεις ημέρες. Πεινασμένοι και κουρασμένοι, τρέφονταν μόνο με βατόμουρα, τελικά ξάπλωσαν κάτω από ένα δέντρο για ύπνο.

Τους ξύπνησε το γλυκό τραγούδι ενός ασημένιου άσπρου πουλιού. Όταν το πουλί πέταξε μακριά στο δάσος, τα παιδιά το ακολούθησαν, έως ότου έφθασαν στο πιο θαυμάσιο σπίτι που είχαν δει ποτέ.

"We will soon find our way out of this wilderness," said Hansel.
The children searched the woods for three days. Hungry and tired, feeding only on berries, at last they lay down under a tree to sleep.
They were awakened by the sweet song of a silver white bird. When the bird flew off into the forest the children followed, until they reached the most wonderful house they had ever seen.

The walls were tiled with strawberry tarts,
the roof was made of chocolate hearts.
Around the windows were caramel frames
and the pathway was lined with candy canes.
"Now we can eat!" said Hansel and he bit off
a piece of the roof.
Suddenly, they heard a voice. "Jimney, Jimney,
who's that nibbling at my chimney?"
"It's the wind, it blows right in," they
answered, and went on eating.
All at once the door opened and a strange,
shrivelled woman appeared. Beyond her tiny
spectacles she had blood red eyes.
Hansel and Gretel were so frightened they
dropped their sweets.
"What brought you here, my dears?" she said.
"If it is hunger, then come and see what I
have for you."
She took them by the hand and led them
into her little house.

Οι τοίχοι είχαν κεραμίδια από τούρτες φτιαγμένες από φράουλες, η στέγη αποτελείτο από σοκολάτα. Γύρω από τα παράθυρα ήταν κομμάτια καραμέλας και το μονοπάτι είχε γραμμές από καλάμια από καραμέλες.

"Τώρα μπορούμε να φάμε"! είπε ο Χάνσελ και δάγκωσε ένα κομμάτι της στέγης.

Ξαφνικά, άκουσαν μια φωνή. "Όχου, όχου, ποιος είναι στην καπνοδόχο μου";

"Είναι ο αέρας, και φυσά μέσα", απάντησαν, και συνέχισαν να τρώνε.

Εντελώς ξαφνικά, η πόρτα άνοιξε και εμφανίστηκε μια παράξενη, ζαρωμένη γυναίκα. Κάτω από τα μικροσκοπικά της γυαλιά, είχε μάτια κόκκινα σαν το αίμα.

Ο Χάνσελ και η Γκρέταλ τρόμαξαν και τους έπεσαν τα γλυκά τους.

"Τι σας έφερε εδώ, αγαπητοί μου"; τους ρώτησε. "Εάν είναι η πείνα, τότε ελάτε να δείτε τι έχω για σας".

Τους πήρε από το χέρι και τους οδήγησε στο μικρό σπιτάκι της.

Έδωσε στον Χάνσελ και στην Γκρέταλ όλα τα καλά πράγματα να φάνε! Μήλα και καρύδια, γάλα και τηγανίτες καλυμμένες με μέλι.
Μετά ξάπλωσαν σε δύο μικρά κρεβάτια καλυμμένα με άσπρα σεντόνια και κοιμήθηκαν τόσο γλυκά σαν να ήταν στον ουρανό.
Κοιτάζοντάς τους αδιάκριτα, η γυναίκα τους είπε, "Είστε και οι δύο τόσο λεπτοί και αδύνατοι. Κοιμηθείτε και όνειρα γλυκά για τώρα, και αύριο θα αρχίσουν οι εφιάλτες σας"!
Η παράξενη γυναίκα με ένα σπίτι που τρώγεται και με αδύνατη όραση, απλώς προσποιήθηκε ότι ήταν φιλική. Στην πραγματικότητα, ήταν μια κακή μάγισσα!

Hansel and Gretel were given all good things to eat! Apples and nuts, milk, and pancakes covered in honey.
Afterwards they lay down in two little beds covered with white linen and slept as though they were in heaven.
Peering closely at them, the woman said, "You're both so thin. Dream sweet dreams for now, for tomorrow your nightmares will begin!"
The strange woman with an edible house and poor eyesight had only pretended to be friendly. Really, she was a wicked witch!

Το πρωί, η κακή μάγισσα άρπαξε τον Χάνσελ και τον έσπρωξε δυνατά μέσα σε ένα κλουβί. Παγιδευμένος και τρομαγμένος, κραύγαζε για βοήθεια.
Η Γκρέταλ έφτασε τρέχοντας. "Τι κάνεις στον αδελφό μου"; της φώναξε.
Η μάγισσα γέλασε και στριφογύριζε τα μάτια της που είχαν το κόκκινο χρώμα του αίματος.
"Τον ετοιμάζω για να τον φάγω", απάντησε. "Και εσύ θα με βοηθήσεις, παιδάκι μου".
Η Γκρέταλ τρόμαξε.
Την έστειλε να δουλέψει στην κουζίνα της μάγισσας όπου προετοίμασε μεγάλες μερίδες φαγητού για τον αδελφό της.
Αλλά ο αδελφός της αρνήθηκε να παχύνει.

In the morning the evil witch seized Hansel and shoved him
into a cage. Trapped and terrified he screamed for help.
Gretel came running. "What are you doing to my
brother?" she cried.
The witch laughed and rolled her blood red eyes.
"I'm getting him ready to eat," she replied. "And you're
going to help me, young child."
Gretel was horrified.
She was sent to work in the witch's kitchen where
she prepared great helpings of food for her brother.
But her brother refused to get fat.

Η μάγισσα επισκεπτόταν τον Χάνσελ κάθε ημέρα. "Βγάλε έξω
το δάχτυλό σου", φώναξε θυμωμένα, "έτσι μπορώ να καταλάβω
πόσο παχουλός είσαι"!
Ο Χάνσελ έσπρωξε έξω ένα τυχερό κόκαλο που κατά τύχη είχε
στην τσέπη του.
Η μάγισσα, που είχε πολύ αδύνατη όραση, δεν θα μπορούσε
ακριβώς να καταλάβει γιατί το αγόρι έμενε κοκαλιάρικο.
Μετά από τρεις εβδομάδες, έχασε την υπομονή της.
"Γκρέταλ, φέρε ξύλα και βιάσου, θα βάλουμε εκείνο το αγόρι
στην κατσαρόλα", είπε η μάγισσα.

The witch visited Hansel every day. "Stick out your finger,"
she snapped. "So I can feel how plump you are!"
Hansel poked out a lucky wishbone he'd kept in his pocket.
The witch, who as you know had very poor eyesight, just
couldn't understand why the boy stayed boney thin.
After three weeks she lost her patience.
"Gretel, fetch the wood and hurry up, we're going to get
that boy in the cooking pot," said the witch.

Η Γκρέταλ έβαζε σιγά-σιγά ξύλα στον φούρνο.
Η μάγισσα ήταν ανυπόμονη. "Εκείνος ο φούρνος πρέπει να ήταν ήδη έτοιμος. Μπες μέσα να δούμε εάν είναι αρκετά καυτός"! κραύγασε.
Η Γκρέταλ ήξερε ακριβώς τι είχε στο νου της η μάγισσα. "Δεν ξέρω πώς να μπω", είπε.
"Ηλίθιο, είσαι ένα ηλίθιο κορίτσι," στρίγκλισε η μάγισσα. "Η πόρτα είναι αρκετά πλατιά, ακόμη και εγώ μπορώ να μπω μέσα"!
Και για να το αποδείξει έμπηξε μέσα το κεφάλι της.
Γρήγορη σαν αστραπή, η Γκρέταλ έσπρωξε την μάγισσα μέσα στον πυρωμένο φούρνο. Έκλεισε και αμπάρωσε την σιδερένια πόρτα και έτρεξε προς τον Χάνσελ, φωνάζοντας, "Η μάγισσα είναι νεκρή! Η μάγισσα είναι νεκρή! Αυτό είναι το τέλος της κακής μάγισσας"!

Gretel slowly stoked the fire for the wood-burning oven.
The witch became impatient. "That oven should be ready by now. Get inside and see if it's hot enough!" she screamed.
Gretel knew exactly what the witch had in mind. "I don't know how," she said.
"Idiot, you idiot girl!" the witch ranted. "The door is wide enough, even I can get inside!"
And to prove it she stuck her head right in.
Quick as lightning, Gretel pushed the rest of the witch into the burning oven. She shut and bolted the iron door and ran to Hansel shouting: "The witch is dead! The witch is dead! That's the end of the wicked witch!"

Ο Χάνσελ βγήκε έξω από το κλουβί, όπως ένα πουλί που πετάει.

Hansel sprang from the cage like a bird in flight.

Ο Χάνσελ και η Γκρέταλ αγκάλιασαν ο ένας τον άλλο. Χόρεψαν και τραγούδησαν και έτρεχαν γύρω με χαρά. Σε κάθε γωνιά του σπιτιού βρήκαν κασόνια γεμάτα με μαργαριτάρια, σμαράγδια, ρουμπίνια και όλα τα είδη με πολύτιμα πετράδια. Ο Χάνσελ και η Γκρέταλ γέμισαν τις τσέπες τους μέχρι που ξεχείλισαν. "Έχουμε θαυμάσιους, υπέροχους θησαυρούς, αλλά πώς θα δραπετέψουμε από το άγριο δάσος"; αναστέναξε η Γκρέταλ. "Μην ανησυχείς, μαζί θα βρούμε το δρόμο για το σπίτι μας", είπε ο Χάνσελ.

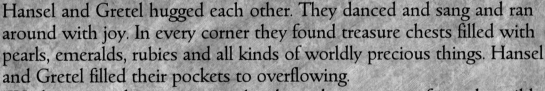

Hansel and Gretel hugged each other. They danced and sang and ran around with joy. In every corner they found treasure chests filled with pearls, emeralds, rubies and all kinds of worldly precious things. Hansel and Gretel filled their pockets to overflowing.
"We have wondrous treasures, but how do we escape from the wild wood?" sighed Gretel.
"Don't worry, together we will find our way home," said Hansel.

Τρεις ώρες αργότερα, ήρθαν σε ένα χώρο γεμάτο με νερό.
"Δεν μπορούμε να τον διασχίσουμε", είπε ο Χάνσελ. "Δεν υπάρχει βάρκα, ούτε γέφυρα,
απλώς καθαρό γαλάζιο νερό".
"Κοίταξε! Πάνω από τα κύματα, ταξιδεύει μια κάτασπρη πάπια", λέει η Γκρέταλ. "Ίσως μπορεί
να μας βοηθήσει".
Μαζί τραγουδούσαν κι έλεγαν: "Μικρή μας πάπια με τα άσπρα σου φτερά που αστράφτουν, παρακαλώ
άκουσε μας, Τα νερά είναι βαθιά, τα νερά είναι μεγάλα, Μας παίρνεις, σε παρακαλούμε στην άλλη άκρη";
Η πάπια κολύμπησε κοντά τους μετέφερε πρώτα τον Χάνσελ και μετά την Γκρέταλ με ασφάλεια πάνω
από το νερό. Στην άλλη πλευρά συνάντησαν έναν γνωστό τους κόσμο.

After three hours they came upon a stretch of water.
"We cannot cross," said Hansel. "There's no boat, no bridge, just clear blue water."
"Look! Over the ripples, a pure white duck is sailing," said Gretel. "Maybe she can help us."
Together they sang: "Little duck whose white wings glisten, please listen.
The water is deep, the water is wide, could you carry us across to the other side?"
The duck swam towards them and carried first Hansel and then Gretel safely across the water.
On the other side they met a familiar world.

Σιγά-σιγά, βρήκαν το δρόμο τους φτάνοντας πίσω στο εξοχικό σπίτι του ξυλοκόπου.
"Είμαστε στο σπίτι μας"! φώναξαν τα παιδιά.
Ο πατέρας τους ακτινοβόλησε από τη χαρά του. "Δεν έχω περάσει μια χαρούμενη
στιγμή από τότε που χαθήκατε", τους είπε. "Έψαξα, παντού"...

Step by step, they found their way back to the woodcutter's cottage.
"We're home!" the children shouted.
Their father beamed from ear to ear. "I haven't spent one happy moment since you've been gone," he said.
"I searched, everywhere..."

"Και η μητέρα";
"Έφυγε! Όταν δεν υπήρχε τίποτα πια να φάει, έφυγε θυμωμένη από το σπίτι,
λέγοντας ότι ποτέ δεν θα την ξαναδώ. Τώρα είμαστε μόνο οι τρεις μας".
"Είναι και τα πολύτιμα πετράδια μας", είπε ο Χάνσελ, βάζοντας το ένα του
χέρι στην τσέπη και έδειξε ένα άσπρο σαν χιόνι μαργαριτάρι.
"Θαυμάσια", είπε ο πατέρας τους, "φαίνεται ότι όλα τα προβλήματά μας τέλειωσαν πια"!

"And Mother?"
"She's gone! When there was nothing left to eat she stormed out saying I would never see
her again. Now there are just the three of us."
"And our precious gems," said Hansel as he slipped a hand into his pocket and produced a
snow white pearl.
"Well," said their father, "it seems all our problems are at an end!"